LE CIEL SUR LA TÊTE

AVEC LA PARTICIPATION DE TOT

Illustration de couverture et illustrations intérieures :
Thomas Delache et Sylvain Kauffmann

Dépôt légal : avril 2014 – ISBN : 978-2-7470-4731-9
Imprimé en France par Pollina - L67961a
Loi n°49-956 du 16 juillet 1949 sur les publications destinées à la jeunesse.

Dofus®
Aux trésors de Kerubim

LE CIEL SUR LA TÊTE

Texte de Christophe Lambert

bayard jeunesse

L'échoppe de Kerubim Crépin est une véritable caverne aux trésors!

À la lueur d'une lampe à huile, on peut y dénicher des antiquités en tous genres: armes, amulettes, talismans, ou encore objets décoratifs, précieux, et même magiques… Chacun d'eux a son histoire!

C'est l'occasion pour
le vieil Ecaflip de raconter
ses souvenirs, ses rencontres
et ses extraordinaires
aventures
à son fils adoptif, Joris.

Présentation des personnages

KERUBIM

De nature profondément généreuse, Kerubim s'occupe de Joris, son fils adoptif, comme un vrai papa poule !
Il a exercé tous les métiers du monde : chasseur de primes, poissonnier ou encore joueur de Boufbowl !
Pour Kerubim, le destin et la fatalité n'existent pas : il maîtrise sa chance en toutes circonstances, foi de lui.

Simone

Simone est la gouvernante de la maison de Kerubim. Au début, Luis, le Shushu enfermé dans la maison, ne voyait pas son arrivée d'un très bon œil. Mais maintenant, elle lui est indispensable... Pour Kerubim, Simone est une bénédiction : quand elle est là, la maison est rayonnante !

Joris

Joris a sept ans. C'est un petit garçon très curieux et très intelligent. Chaque histoire que son Papycha lui raconte est pour lui un vrai moment de bonheur. Comme Kerubim, Joris voudrait être un grand aventurier et explorer le Monde des Douze !

Pupuce

Pupuce est l'animal de compagnie de Joris, et tous deux s'adorent. Mais cette grosse et vieille puce se prend pour un Chacha...

Présentation des personnages

Porkarossa

Jeune fille à la longue chevelure bouclée, Porkarossa est romantique, échevelée, et très fleur bleue.

Pourri gâté, Porképic est un sale môme, très énervant.

Porképic

Bourru, ronchon, autoritaire, rustre et n'aimant pas les étrangers, sauf en civet. Porkitutepran est le chef de la tribu des Porkass.

Porkitutepran

Porkétévass

Taciturne, effacée, Porkétévass est soumise à son seigneur et maître, Porkitutepran.

PROLOGUE

– Brrr, Papycha, il fait drôlement froid, dit Joris en grelottant.

– Oui, et si ça continue, on va se transformer en glaçons, soupire Simone.

En effet, avec la fin du jour, la température a chuté et c'est une rude soirée d'hiver qui s'abat sur la maison de Kerubim Crépin, l'Ecaflip* le plus célèbre d'Astrub.

*Tous les mots suivis d'une astérisque sont expliqués dans le lexique pages 86-87.

– Vous avez raison, il fait un temps à ne pas mettre un Chacha* dehors. On va faire une flambée, ça va nous réchauffer, propose Kerubim.

Il se tourne vers sa gouvernante :

– Simone, tu peux aller chercher des bûches dans la cave ? Mon guérisseur Eniripsa* m'a déconseillé de porter des poids trop lourds, à cause de mon dos...

Simone reste de glace devant le sourire charmeur de son patron.

– Votre dos, il a bon dos, grince-t-elle.

Elle fait demi-tour et descend au sous-sol par une trappe donnant sur un petit escalier.

Restés seuls, Kerubim et son fils adoptif commencent à remplir le foyer de la cheminée avec de vieux morceaux de journaux qu'ils froissent et posent les uns sur les autres.

– Luis, est-ce que tes conduits sont propres ? questionne Kerubim.

Le gros œil au-dessus de la porte d'entrée fronce son unique paupière :

– Pfff, bien sûr. « Un Shushu* sain dans des murs sains », c'est ma devise.

Pupuce arrive à cet instant. Elle tient un long bâton en travers de la gueule.

– Ah, voilà qui sera parfait pour démarrer le feu ! s'exclame Joris. Merci, Pupuce.

– Mais non, pas du tout ! sursaute Kerubim.

Il arrache le bâton des mâchoires du

familier* et demande :

– Où as-tu trouvé ça ?

Pupuce indique de la tête un gros tas d'objets comme il y en a tant dans la boutique de l'antiquaire.

– Ce n'est pas une bûche mais un bâton Skaïfol, explique Kerubim. Il a des pouvoirs très puissants ! On doit le manier avec précaution...

– Hein ? fait Joris.

– Oui, parfaitement, c'est un bâton magique ! Tu veux connaître son histoire ?

– Bien sûr, Papycha !

Le vieil Ecaflip incline le bâton, qui se met à faire un doux bruit d'averse ricochant sur une toiture, puis il esquisse un sourire malicieux :

– Alors, écoute-moi attentivement...

CHAPITRE 1

Promenons-nous dans les bois

Tout a débuté à l'époque où j'étais explorateur, mon petit Jojo. Car, oui, j'ai exercé ce beau métier parmi tant d'autres durant ma jeunesse !

Des aventuriers tels que Bob Murène et Alban Quatremains étaient mes modèles. Rien n'excitait plus ma curiosité que les espaces blancs dessinés sur les cartes, ces zones vierges surmontées de la mention « Territoire inconnu ». Ah, que de promesses contenues dans ces deux mots ! Il ne m'en fallait pas davantage pour partir en expédition. J'ai ainsi remonté le Nul jusqu'à sa source, escaladé l'Himnalajoy, plongé au plus profond du Triangle de Gertrude, découvert le Sram-Lanka...

Joris interrompt son Papycha :

– Mais... ça n'existe pas, ces régions !

– Heu, c'était il y a trrrrès longtemps, tu sais, mon Jojo... Ces endroits ont changé de nom depuis, c'est pour ça que tu ne les trouves pas sur la carte !

Joris a l'air un peu surpris mais il ne cherche pas à approfondir la question.

Kerubim reprend :

Pour en revenir au fameux bâton, j'ai

mis la patte dessus alors que j'explorais une des forêts les plus hostiles du Monde des Douze ! La végétation locale se composait de Tournesols Sauvages, de Roses Démoniaques, de Pissenlits Diaboliques... Tout un programme ! Et les animaux, je ne t'en parle même pas. Enfin, si, je t'en parlerai tout à l'heure.

Bref, un matin, je taillais mon chemin

parmi ce méli-mélo de plantes agressives lorsque, tout à coup, trébuchant sur une racine, je tombai truffe à truffe avec l'entrée d'un tunnel à moitié dissimulé derrière des buissons.

Une fois l'écran de végétation écarté, je pénétrai dans le sombre souterrain. Il y avait des torches sur les parois du tunnel creusé dans la terre. J'en saisis une pour l'allumer, puis je m'avançai dans les ténèbres, attentif à l'écho de mes pas et tous mes sens aux aguets, car je redoutais la présence de pièges. J'avais vu juste : passé les premiers kamètres*, je dus affronter successivement trappes, fléchettes, langues de flammes, haches géantes, etc. La routine, pour quelqu'un d'aussi expérimenté que moi. Je passai ces quelques épreuves haut la patte et

j'arrivai dans une grande salle dont les murs étaient recouverts de peintures représentant le soleil, les nuages, la pluie, la neige, et au centre de laquelle trônait... un trône ! Ce beau siège finement sculpté était occupé par une espèce de vieille momie coiffée d'une couronne. Un personnage très important, à n'en pas douter. Il tenait dans ses mains un objet que je pris d'abord pour un sceptre.

Mais non, il s'agissait d'un bâton… Peut-être un bâton d'origine Feca* ? On prétendait que ces derniers pouvaient être très puissants si on savait les utiliser. Feca ou pas Feca, je me dis que le bâton avait sans doute de la valeur, et je m'en emparai en même temps que de la couronne !

C'est à partir de là que les choses se gâtèrent…

Pile au moment où j'arrachais le bâton des mains de la momie, le plafond de la salle s'écroula sur moi. Je courus vers la sortie en tricotant des pattes à toute vitesse. Les pièges que j'avais affrontés à l'aller étaient toujours là mais, à présent, ils n'avaient plus de secrets pour moi ! Je ressortis du temple maudit sans aucune difficulté !

CHAPITRE 2

Les porcs de l'angoisse

Une fois hors de danger, j'examinai le bâton. Il paraissait tout simple, à première vue. Banal. Sa seule particularité était qu'il faisait du bruit quand on le tournait, comme s'il était rempli de grains ou de minuscules cailloux. Bon, d'accord, ce « trésor » n'avait rien d'extraordinaire mais, au moins, j'étais sain et sauf. Et puis, surtout, j'avais la couronne, objet qui devait valoir à lui tout seul un bon paquet de kamas* ! Cette pensée me remplit de joie. Les quelques nuages qui flottaient dans le ciel se dissipèrent aussitôt pour laisser briller un soleil radieux. Sur le moment, ce changement

de temps ne m'étonna pas plus que ça et je repris mon chemin d'un bon pas, le cœur léger.

Je m'arrêtai à la nuit tombée pour établir mon campement dans une petite clairière. Je dormais tranquillement sous ma couverture lorsqu'un bruit me réveilla. Un Corbac*, posé sur mon sac à dos, fouillait son contenu. Je me dressai, poil hérissé et bâton brandi, en m'exclamant :

– Non, mais faut pas te gêner, l'ami !

Le volatile poussa un piaillement effrayé, puis il s'envola en emportant la couronne coincée dans son bec ! Furieux, je sautai sur place.

– Reviens, espèce de sale petit... !

Le Corbac disparut derrière les ramures des arbres avec mon trésor.

J'étais fou de rage. Je continuais à

lancer des insultes vers le ciel obscur quand, sans crier gare, un orage me répondit par un sourd grondement. En un instant, de gros nuages masquèrent la lumière amicale des étoiles et de la lune. Le tonnerre roula, un éclair fourchu déchira le ciel. Je retournai aussi vite que possible m'abriter sous ma couverture mais, curieusement, la pluie ne vint pas. Aucune averse. Juste des éclairs et du tonnerre.

« Bizarre... », pensai-je, troublé par l'aspect peu naturel de cet orage.

Je me calmai petit à petit. L'orage passa et je m'endormis avant les premières lueurs de l'aube.

Le lendemain matin, lorsque j'ouvris un œil, ce fut pour voir un groin en train de me renifler. Un sanglier

massif se penchait au-dessus de moi. Ses défenses recourbées étaient proportionnelles au reste de son corps, c'est-à-dire énôôôôrmes !

D'un bond, je sautai hors de ma couverture. Horreur ! J'étais entouré par toute une meute de sangliers désireux de m'embrocher vivant. Mon sang se

glaça. Je saisis le bâton et le secouai en espérant que cela suffirait à faire déguerpir les animaux.

Tout à coup, la neige se mit à tomber sur la clairière, poudrant de blanc la végétation.

– Attends, attends, Papycha, intervient Joris. Quand tu dis que ton sang s'est

glacé, ça signifie que... tu avais PEUR ? Toi, le plus grand aventurier du Monde des Douze ? L'Ecaflip qui jamais ne flippe ?

– Heu, non, pas vraiment peur... J'étais juste un peu... stressé, quoi.

– Ah bon, je préfère ça.

Kerubim se recompose une attitude fière et digne, puis il continue :

Donc, je disais : « La neige se mit à tomber. » Incompréhensible ! Ce n'était pas du tout la saison ! D'ailleurs, les sangliers étaient aussi surpris que moi. Je décidai d'en profiter : d'un coup de bâton bien ajusté, j'assommai l'animal qui me faisait face et, brisant le cercle, je filai à toutes pattes. La meute se lança à mes trousses sans tarder ! J'entendais les grognements baveux de mes poursuivants. Leurs pattes martelaient

l'herbe. Leurs défenses éventraient broussailles et taillis. Ils gagnaient du terrain sur moi. Je pouvais sentir leur souffle puant sur ma nuque ! Chose incroyable : on aurait dit que les flocons me suivaient à la trace, eux aussi, comme les sangliers !

En un bond, je plantai mes griffes dans l'écorce d'un grand arbre, dont j'escaladai le tronc avec mon agilité légendaire. Une fois en sécurité, bien calé sur une solide branche, je regardai les sangliers regroupés plusieurs kamètres sous moi. Ils tournaient en rond, frustrés de ne pouvoir m'attraper. Certains essayaient de sauter en l'air mais ils n'allaient pas bien haut. Je poussai un gros « ouf » de soulagement, puis je décidai de m'accorder une petite sieste réparatrice. La meute m'avait réveillé un peu tôt et je n'avais pas eu mon compte de sommeil. Après tout, je n'étais pas si mal, dans cet arbre ! Les cochons sauvages se fatigueraient bien avant moi. Je m'allongeai de tout mon long, bâillai un bon coup et fermai les yeux pour prendre un repos bien mérité.

CHAPITRE 3

Porc qui sonne le glas ?

À mon réveil, la meute avait disparu, tout comme la pellicule de neige qui recouvrait le sol, et la température ambiante était remontée.

Je redescendis au sol. Pas de sanglier à gauche ; pas de sanglier à droite.

Mon attention se reporta sur le bâton, qui ne m'avait pas quitté depuis le début de la poursuite. Se pouvait-il que cet objet eût un rapport avec les récents caprices du ciel ? Je songeai aux peintures, dans la grande salle du temple souterrain : éclairs, nuages, pluie, soleil... Le tonnerre avait grondé quand je m'étais énervé après le Corbac, et il s'était mis à neiger quand j'avais eu p... enfin, quand j'avais été un peu stressé, face aux sangliers... Bizarre, bizarre...

Je décidai de faire un test.

– Hum, bon, il faut que je pense à quelque chose d'énervant... de très énervant.

Le portrait de l'Ouginak* que je détestais le plus au monde se forma dans mon esprit. Il s'agissait d'Indie Delagrandaventure ! Cet éternel rival essayait de gagner les faveurs de Lou, ma bien-aimée, depuis des années.

Rien qu'à l'imaginer en train de faire le joli cœur auprès de ma douce et tendre, je sentis la jalousie et la colère me gagner. Le tonnerre roula au-dessus de ma tête.

– Ma parole, mais... ça marche !? Incroyable !

Un éclair zébra les nuées pour foudroyer un arbre, juste à côté de moi.

Surpris, je sursautai et me mis à courir sans lâcher le bâton : la neige remplaça l'orage !

Je m'arrêtai, essoufflé, et tentai de remettre un peu d'ordre dans mes idées.

– Colère égale orage... Stress égale froid... Et joie égale grand soleil, si je ne me trompe pas.

Je repensai à l'intense satisfaction que j'avais éprouvée en sortant sain et sauf du temple, et au soleil qui avait brillé de tous ses feux à ce moment-là.

– Intéressant... Très intéressant...

Je tenais un pouvoir immense entre mes mains. Finalement, le bâton était peut-être encore plus précieux que la couronne !

Je me remis en route.

En fin d'après-midi, la végétation devint moins dense et, bientôt, la forêt céda la place à une plaine peu accueillante, avec son herbe desséchée et ses rares arbres rabougris. Il n'y avait pas de fleurs. Les buissons se ratatinaient, comme s'ils avaient honte d'exister. Et ce décor déprimant s'étendait à perte de vue.

Je ne savais plus où aller. Continuer tout droit n'avait rien d'excitant mais retourner dans la forêt ne me disait rien de bon non plus. J'hésitais. Une brume laiteuse se leva, masquant d'éventuels points de repère.

« Doutes égale brouillard ? » pensai-je.

Cela semblait logique.

Je décidai de dormir sur place. La nuit porte conseil, paraît-il.

Le lendemain, à l'aube, je fus réveillé

par des cris... féminins ! N'écoutant que mon courage, je m'élançai.

La brume s'était dissipée et je pouvais voir, sur fond de soleil levant, une silhouette de haute taille, étrange, tout en angles droits, en train d'essayer d'écraser de ses gros poings une autre silhouette, plus petite, rondouillarde.

– Ah, c'est facile de s'en prendre à plus faible que soi, hein ?! lançai-je, furieux.

Le ciel s'obscurcit, couvert de nuages noirs. Un éclair illumina la face hideuse du monstre. C'était un Craqueleur des plaines*. Il tourna ses poings de pierre vers moi, paré pour l'affrontement. Je me jetai sur lui en hurlant, mon bâton agrippé à deux mains, prêt à frapper. C'est alors qu'un nouvel éclair foudroya mon adversaire. Ce dernier vola en éclats et les débris fumants rebondirent dans toutes les directions.

Quand je retombai au sol, à l'issue de mon gracieux saut périlleux, l'orage avait déjà cessé.

– Gruuiik ! Oh, merci, mon sauveur ! fit la voix féminine.

Mon regard pivota vers la demoiselle en détresse qui n'était autre qu'une... une grosse cochonne... enfin, une femelle Porkass*, quoi !

– Merci, merci ! répéta-t-elle en me serrant dans ses bras et en manquant de m'étouffer.

– Mais il n'y a pas de quoi, je vous en prie, grimaçai-je.

La demoiselle ne sentait pas la rose. L'étreinte terminée, elle me reposa au sol puis se présenta : elle s'appelait Porkarossa et vivait dans un village tout proche.

– J'étais en train de chasser des petits animaux quand j'ai été attaquée par ce Craqueleur, m'expliqua-t-elle. Venez, bel étranger, je vous ramène chez moi.

– Vous êtes sûre ?

– Grouiiik !

Elle tenait absolument à ce que je rencontre ses parents.

– Maman réussit à merveille le Bouftou* braisé, ajouta-t-elle. C'est sa spécialité.

– Bon, d'accord, cédai-je, en entendant mon estomac affamé qui gargouillait.

CHAPITRE 4

L'enfance de lard

Le village se trouvait à une heure de marche vers le nord. C'était un petit groin, pardon, un petit coin calme et paisible, mais... les huttes avaient un aspect misérable. Leurs murs étaient constitués de briques de terre cuite et recuite. Des troupeaux de Bouftous paissaient dans la plaine, gardés par quelques bergers Porkass.

Porkarossa me présenta sa famille, c'est-à-dire son père, Porkitutepran, chef du village, sa mère, Porkétévass, et son tonton, Porkoitutouss. Ces trois-là m'examinèrent de la tête aux pattes, avec leurs petits yeux porcins, sans chercher à dissimuler leur méfiance. Ils sentaient tous très mauvais.

– Ce brave Ecaflip m'a sauvé la vie, précisa Porkarossa en me désignant.

– Heu, bonjour, enchanté, articulai-je.

Mes hôtes demeuraient peu accueillants. Depuis le début de la rencontre, un jeune mâle agrippé aux jupons de Pokétévass n'avait pas cessé de pleurnicher.

– C'est mon frère, Porképic, soupira Porkarossa.

Je me penchai vers l'enfant :

– Ben alors, qu'est-ce qui t'arrive, mon petit cochonou ?

Le gamin redoubla de cris et de pleurs :

– Grooouuiiikkk !

– Il a perdu son jouet préféré, m'expliqua Porkitutepran. Le jouet est tombé dans notre Puits Sacré.

– Oh, vraiment ? Je peux voir ? demandai-je.

– Gruik, si vous voulez.

Le chef m'emmena jusqu'au fameux puits, un ouvrage tout à fait banal, avec une margelle en pierres.

– Il est asséché depuis bien longtemps, poursuivit Porkitutepran, mais ça ne nous empêche pas de le vénérer en souvenir du grand Porkastéric, notre ancêtre.

Je me penchai et aperçus un objet, tout au fond du trou. Il s'agissait de l'un de ces petits canards jaunes que l'on peut gagner à la pêche, dans des fêtes foraines telles que la Foire du Trool, et qui fait « pouic » quand on appuie dessus.

– Mon canaaaard ! brailla Porképic, en larmes.

Je m'étonnai :

– Personne ne peut descendre avec une corde et le récupérer ?

– Hélas, non, fit Porkitutepran. Ce serait trop simple. Le Puits est une relique sacrée, pour nous. On n'a pas le droit d'y pénétrer...

Je réfléchis quelques instants.

– Ben alors, dis-je, vous n'avez qu'à le remplir avec des seaux d'eau et le canard remontera tout seul.

Le chef secoua la tête :

– Nous recueillons l'eau de pluie dans une citerne et nos réserves sont à peine suffisantes pour abreuver les habitants du village et nos animaux. On n'a même plus assez d'eau pour notre toilette.

« Tu m'étonnes ! » pensai-je sans risquer un commentaire à voix haute.

– Cela fait une éternité qu'il n'a pas plu sur la plaine, se lamenta Porkitutepran. Et la prochaine saison des pluies n'arrivera pas avant longtemps...

– Je dois pouvoir vous aider, dis-je.

– Tu ferais ça, étranger ?

– Oui, bien sûr.

Le gamin s'arrêta de pleurer. Je résumai dans ma tête tout ce que j'avais appris au sujet du bâton magique. Il ne manquait qu'un seul élément climatique à mon palmarès : la pluie ! Quelle émotion correspondait à la pluie ? La tristesse, c'était évident !

– Comment fais-tu pour commander au ciel ? questionna le chef.

– Hé hé, ça, c'est mon secret.

Porkitutepran me regarda longuement, avec intensité, puis il lâcha :

– Très bien. Si tu réussis à faire pleurer le ciel, tu seras récompensé.

– Ah, vraiment ?

Soudain, j'étais encore plus motivé.

– Quel genre de récompense ?

– Nous te donnerons nos trésors !

Il cracha dans sa patte, ce qui était sa manière à lui de dire : « Cochon qui s'en dédit. » L'accord était scellé !

CHAPITRE 5

Porc quelques kamas de plus

Pleurer. Je devais pleurer !

Mais le hic, c'est que... Ce n'est pas évident de pleurer sur commande !

Tout d'abord, je sortis de mon sac un portrait de Lou, l'amour de ma vie. Je l'avais dessiné moi-même, à l'époque où j'étais un jeune artiste plein d'avenir. Le dessin dans une patte et le bâton dans l'autre, je me concentrai sur le visage de ma princesse. Les villageois s'étaient regroupés autour de moi et me regardaient, intrigués.

Ah, qu'elle était belle, ma Lou, avec sa choucroute rose sur la tête, son petit nœud en forme de cœur dans les cheveux. J'essayais de plonger de toute mon âme dans l'immensité de ses beaux yeux. Mon cœur se serra... mais impossible de verser une larme !

Oui, d'accord, Lou me manquait. Oui, j'aurais donné cher pour la serrer dans mes pattes à cet instant précis. Seulement, je savais qu'une fois cette aventure terminée, je la retrouverais. Et, avec tous les kamas que j'allais récolter, je serais bientôt en mesure de la gâter, ma chérie. Bijoux, toilettes, voyages... Ah, on allait s'en payer du bon temps !

Bien loin de m'attrister, cette perspective m'arracha un sourire rêveur, et le soleil se mit à taper encore plus fort.

Raté !

Deuxième essai : les oignons.

Les oignons, ça fait pleurer, tout le monde le sait. Donc, je décidai de préparer une tarte aux oignons pour les Porkass. Ces derniers m'apportèrent un sac rempli de bulbes. Armé d'un couteau, je m'emparai des légumes et commençai à les éplucher. Très vite, les yeux me piquèrent et me brûlèrent. Une larme, puis deux se mirent à couler. Victoire ? Je me précipitai sur mon bâton pour l'attraper. Et, le regard levé vers le ciel, j'attendis...

– Ben alors, ça vient ?

Pas de nuage. Rien. Juste un ciel désespérément bleu.

Les Porkass m'observaient, de plus en plus intrigués. Ils devaient me prendre pour un fou.

Je pleurais, d'accord, mais c'était là des larmes pas vraiment... naturelles. Au fond de moi, je n'étais pas triste... donc ça ne pouvait pas marcher !

Bon, troisième tentative.

Une affiche placardée sur une hutte plus grande que les autres – une salle de spectacles, à n'en point douter – annonçait : « *La vie de Jerzy*, drame en trois actes ».

Un drame ? C'était tout à fait ce dont j'avais besoin !

Je me joignis au public, installé sur des bancs très rudimentaires, et attendis le début de la représentation, qui commença quelques minutes plus tard.

La pièce racontait l'histoire d'un jeune Porkass qui recueillait un porcelet appelé Jerzy. C'était une belle histoire d'amitié. Mais, les années passant, Jerzy grandissait et surtout grossissait. Il devenait énorme. La famille du héros ne pouvait plus le nourrir. La mort dans l'âme, le père décidait de se séparer de l'énorme cochon qu'il aimait pourtant comme un fils, et il le confiait à un zoo itinérant. La morale de l'histoire était : « Père y colle au zoo ce porc Jerzy ! »

Fin.

J'étais extrêmement déçu... et pas ému pour un sou ! Je trouvais cette pièce ridicule.

Encore raté !

Je réfléchis durant toute la nuit.

Si je n'arrivais pas à pleurer spontanément... peut-être que... des larmes de douleur ?

M'oui, ça valait le coup d'essayer.

Le lendemain, j'ordonnai à deux villageois de me rapporter un rocher.

– Un rocher ?

– Oui, vous m'avez bien entendu. Et un lourd !

Les Porkass m'obéirent et revinrent une ou deux minutes plus tard en transportant un très gros caillou dans leurs bras.

– Maintenant, laissez-le tomber sur mon pied.

– Hein ?

– Laissez-le tomber, je vous dis ! Allez, quoi, je sais ce que je fais.

Les Porkass échangèrent un regard indécis. Cette fois, ils devaient vraiment me croire complètement marteau. Je serrai les dents et avançai ma patte. Les deux compères lâchèrent le rocher.

– Aïïïïïeeee !!!

Je sautillai à cloche-pied en hurlant. Des larmes glissèrent sur mon museau… mais elles n'étaient pas plus naturelles que celles provoquées par les oignons ! Comme je le redoutais, le ciel demeura sans nuage.

Une fois la douleur calmée, j'allai voir le chef.

– Je suis désolé, Porkitutepran, dis-je, mais je n'y arrive pas.

Le Porkass me regarda gravement.

– Alors tant pis pour toi, étranger, lâcha-t-il.

Aussitôt, deux villageois m'agrippèrent.

CHAPITRE 6

Rien que porc vos yeux

Les Porkass s'étaient rassemblés sur la place centrale du village. Ils m'avaient attaché avec mon bâton fétiche à un gros poteau et amassaient des fagots de bois mort sous moi.

– Mais qu'est-ce qui vous prend ? protestai-je.

– Ma fille ne t'a pas tout dit, répondit Porkétévass en aiguisant deux grands couteaux de boucher. J'ai une deuxième spécialité : le Chacha braisé !

– Ça nous changera un peu des Bouftous, acquiesça son époux.

Porkarossa n'avait pas l'air de cet avis.

– Papa, maman, l'étranger m'a sauvé la vie, quand même ! Vous ne pouvez pas faire ça !

– Il a pas réussi à ramener mon canard, il doit mourir ! couina Porképic.

Quel sale gosse !

– Non, mais ça va pas, la tête ?! m'écriai-je.

La situation tournait au vinaigre. Mon stress monta encore d'un cran quand je vis un Porkass écarter la foule et s'approcher, une torche à la main.

En un instant, des nuages apparurent dans le ciel et des paquets de neige se mirent à tomber dans le vent tourbillonnant !

Des « ho » et des « ha » montèrent de l'assistance. Les villageois n'en croyaient pas leurs yeux. Ils étaient pétrifiés. Certains tiraient la langue pour recueillir des flocons.

Une idée lumineuse germa dans mon cerveau génial.

– Amenez des bassines ! lançai-je. Ainsi, vous pourrez faire fondre la neige pour la transformer en eau ! Et vous pourrez remplir le puits de Porkastéric !

Aussitôt dit, aussitôt fait. Les Porkass se ruèrent dans leurs huttes et en ressortirent les bras chargés de récipients. Ils couraient dans tous les sens en essayant d'attraper les flocons. Plus personne ne me prêtait attention.

Soudain, je sentis que quelqu'un placé dans mon dos détachait mes liens.

– T'inquiète, je vais te tirer de là, chuchota une voix à mon oreille.

Porkarossa ! Je crois bien que cette petite cochonne en pinçait pour moi !

– Merci, dis-je.

– Viens, je vais te conduire à l'enclos des Dragodindes*.

– Heu, attends, ton père m'avait

promis une récompense, et j'ai réussi ma mission, non ?

Porkarossa fit la moue avant de répondre :

– Bon, d'accord, mais dépêchons. On a très peu de temps devant nous...

Elle m'escorta jusqu'à une hutte et ouvrit la porte.

– Tous nos trésors sont ici, dit-elle.

Elle montrait... un tas de crottin !

– Heiiiin ??? hoquetai-je. Et les kamas ? Où sont les kamas ?

– Quels kamas ?

Ma mâchoire du bas avait failli se décrocher. Mes yeux s'agrandirent comme des soucoupes.

– C'est ça, vos trésors ?! questionnai-je, le cœur battant.

– Oui, opina Porkarossa. La bouse de Bouftou séchée est notre principale

monnaie d'échange.

Soudain, un cri retentit à l'extérieur de la hutte :

– Le prisonnier s'est échappé !

– Vite, fit Porkarossa. Nous n'avons plus un instant à perdre.

Elle m'emmena jusqu'aux Dragodindes et je sautai sur une monture.

– Merci pour tout, dis-je.

– Gruuikk, mon héros, répliqua-t-elle en m'embrassant sur la truffe.

Elle était gentille mais... qu'est-ce qu'elle sentait mauvais !

– Yaaah, aboyai-je.

Ma Dragodinde partit au galop. Les villageois étaient armés de fourches et de piques. Des projectiles commencèrent à pleuvoir autour de moi. J'accélérai la cadence et, bientôt, le village ne fut plus qu'un petit point noir, dans mon dos, à l'horizon. Quelques Porkass essayèrent de se lancer à ma poursuite mais j'avais trop d'avance sur eux, et ces cavaliers pesaient d'un tel poids sur leurs montures qu'ils ne pouvaient pas aller aussi vite que moi !

Sauvé ! J'étais sauvé !

La joie m'envahit. Le soleil chassa les nuages pour inonder la plaine de ses rayons chauds et doux...

ÉPILOGUE

– De retour dans la civilisation, je fis des recherches dans les archives de Bonta, et j'appris que ma découverte s'appelait un « bâton Skaïfol ». Ces bâtons sont très rares et personne n'en connaît l'origine exacte...

Joris écoute son Papycha, émerveillé.

– Waaah, quelle aventure ! lâche-t-il au bout d'un moment.

– Oh, c'est quoi, ça ? s'exclame Simone en revenant dans le salon, une pleine brassée de bûches serrée contre sa poitrine.

Son regard est fixé sur le bâton magique.

– T'as raté une super histoire, dit Joris.

Kerubim incline le bâton, qui émet son bruit de doux grelots habituel.

– C'est un instrument de musique ? reprend Simone.

Elle jette les bûches dans la cheminée, s'empare du bâton et l'agite dans tous les sens.

– J'adore ce bruit. C'est super apaisant ! fait-elle.

Kerubim et Joris se regardent, inquiets. Pupuce sent qu'une catastrophe se profile ; elle va se réfugier sous un fauteuil.

– Heu, Simone, méfie-toi quand même, intervient Kerubim. Cet objet a de grand pou...

Tout à coup, la jeune fille pousse un cri strident :

– Hiiiiiiiiiiiiii !!!

Elle vient d'apercevoir une petite Arakne* et saute sur une table basse sans lâcher le bâton.

– Au secours, faites-la sortiiiiiiirrrr !!!

En quelques instants, une véritable tempête de neige se déchaîne dans le salon de Kerubim, qui met une patte sur sa tête en soupirant :

– Jojo, va me chercher ma pelle pour déneiger !

LEXIQUE

ARAKNE :
créature velue ressemblant à une araignée.

BOUFTOU :
créature s'apparentant à un mouton.

CHACHA :
petite créature s'apparentant à un chat.

CORBAC :
créature s'apparentant à un corbeau.

CRAQUELEUR DES PLAINES :
sorte de monstre de pierre vivant dans les plaines.

DRAGODINDE :
créature très rapide utilisée comme monture.

ECAFLIP :
classe de personnages guerriers utilisant la chance comme magie.

ENIRIPSA :
classe de personnages guérisseurs.

FAMILIER :
petit animal affectueux qui suit partout son propriétaire.

FECA :
classe de personnages protecteurs qui ont pour arme un bâton magique.

KAMA :
monnaie du Monde des Douze.

KAMÈTRE :
unité de mesure du Monde des Douze.

MONDE DES DOUZE :
planète du Krosmoz sous la protection de douze dieux.

OUGINAK :
race de personnage ayant l'apparence d'un chien.

PORKASS :
race de personnage ayant l'apparence d'un cochon.

SHUSHU :
démon enfermé dans un objet.

Dofus aux Trésors de Kerubim
Ton aventure à dessiner
Dofus aux Trésors de Kerubim
Ton livre de stickers
Dofus aux Trésors de Kerubim
Ton livre d'activités
Retrouve les héros de DOFUS AUX TRÉSORS DE KERUBIM dans cette collection de livres-jeux, publiés aux Livres du Dragon d'Or !
Dofus aux Trésors de Kerubim
Le donjon maudit
L'album dont tu es le héros
Dofus aux Trésors de Kerubim
Les Livres du Dragon d'Or
ankama

DANS LA MÊME COLLECTION

WAKFU
3
L'AFFAIRE EST DANS LE SAC
bayard poche
Wakfu
3
L'AFFAIRE EST DANS LE SAC

WAKFU
5
DANGER DANS LA JUNGLE
bayard poche
Wakfu
5
DANGER DANS LA JUNGLE

WAKFU
4
L'EAU ET LA GLACE
bayard poche
Wakfu
4
L'EAU ET LA GLACE